花鳥逍遙

伊藤敬子

東京四季出版

伊藤敬子句集　花鳥逍遙

光の束

花菖蒲開く一事をなさんとす
藤房や揺籃の地を忘れざる
サルビアを燃え立たせ居てサガン読む
鶏頭やまぶたの裏へ光の束

尾花掃く紺天遠き初恋よ

桃花園へ降るふらんねるの太陽

少女の日の匂いの野菊さ、げ持つ

遠景に市街野藤の房の間に

すみれ掘りすみれの土も持ち帰る

目にどつと抗しきれざる花菜の黄

梨花白く更に真白く一つの示唆

すみれ濃くかたまる友情すてがたし

くちなしの強烈にして語尾を噛む

ノラ遠し久女も遠し木菟の森

螺鈿の道

鴨翔ちて数滴の水湖へかえす

花野来て古きオルゴールを鳴らす

サルビアにパステルの雨降りそゝぐ

髪の先まで恍惚と花野に佇つ

大津絵の筆のつづきに寒の木瓜

尾州

かのくぼに過失のごとき冬すみれ

花辛夷青年後姿ばかり見す

見届くる鯱に尾州の花いく世

うながされ花は仕度を水明り

藤房の瓔珞くぐりぬけて弥陀

全開の赤門万朶の花とくぐる
三四郎池午後に組まれし花筏
かたかごの花回想をかがるかな
鷹一つ昏れて濤音平らなる

一本の花桐にして峡を統ぶ

直角に記憶回収する燕

ふくらみし闇に醒めたる月見草

沙羅咲きて素手には闇のやはらかさ

雁や与兵衛を恋ふる緋縮緬
花野に拾ひしはジョーカーだった
壺の塩摑めばきしむ雁渡る
水甕へ花桐こぼれ放題に

初蝶の金粉まみれ黙示録

三十路駈け来てげんげ畑に息を制す

桃林雨情母郷は刻を消しにけり

落椿拾へり赤染衛門の掌

落椿糸でつなげば輪廻の輪

凍蝶の今翔たざれば石となる

黒髪はうしろへ雁は北を指す

花ミモザアンチテーゼの壺に挿す

石仏に石の光背曼珠沙華

鴨の池うるめり鴨の翔ちゆけり

四間道

藤盛り身をひいてゐる藤の幹

掌に受くる烈火の雫曼珠沙華

隠岐　二句

闘牛の果て男郎花真盛り

夜噺のその結び目に月見草

卯の花のこぼれ且噴き鎌倉は

方形の囲がありて牢ほととぎす

水仙の翳を蒐めて印象記

風呂敷に形見を包む冬菫

猫柳校長室に温故の文字

浄めの火つちかつてゐる花馬酔木

地縁血縁春袷には鴇鳥の裏
帯締めを群青にきめ花を見に
あめつちをひろげてひらく紅梅花
四間道に駘蕩として花の風

木乃伊仏十指あやふき花の雨
夏薊紅もりあがる額田郡
秋草の栞にむすぶ天のいろ
かがなべて東籬の菊をいとしめる

晩紅や雁の短かき棹送る

水芭蕉まだ山祇の掌を解かず

つばくらめ声雫落つ千曲川

誰がために戯曲は書かれ薔薇の昼

松の花咲きいくたりの貌けぶる

父逝く

泰山木無明を掬ふ別れかな

まつさきに泰山木に父を聞く

夏薊一つ消息たしかにす

昔日は黄ときめたりし月見草
さんしゅの鈴振るすこし傾けて
杏咲く綿菓子の綿巻きあまし　蓬左
三州街道八州つなぐ花辛夷

をだまきの花に蹤きゆく道旧し
くぐり戸を開けまつすぐに雲雀の野
櫛笥でて巌に掛かる藤の房
えびね蘭二た株峡を出でゆける

み熊野の実梅の密にやすらふる
花がたみ吉野に手繰る手ずれの賦
古文書のにほひ蒐めし秋海棠
つのだるに朱をかけ運ぶ花芒

遠ちをのみみつめてをりぬ菊活けて

菊の花替へ菊人形の立つ背すぢ

木々あそぶ四方の色鳥よびあつめ

A面の終章掬ふポインセチア

侘助の咲くいささかの悔《くい》に似し
濤音の深みに泛ぶ鷹一つ
白鳥の翔つとき水の玉爆ぜて
白鳥の嘴あるゆへに天さびし

白鳥の首しなやかに帰北の日

瓢湖　吉川繁男さん

作務の貌つきいつしんに白鳥へ

ある距離のありて如くなし花の山

げんげ田を遠くみてをり父系の血

父系母系いちはつの花供ふれば

花は葉にあと二指折れば知命かな

黐の花亡母の二言三言かな

紅梅の午後の空見て主客かな

菱結

白金の粉を一匁梅ひらく
淡雪の松ひき寄せて古城聳つ
湖に向く一枝のすでに芽のうごく
しがらみにかかれば花菜そこに咲く

土筆摘みて二日の指に草のいろ
花の昼手彫にかける赤うるし
移りつつ火の手のごとく雉子のこゑ
点描をのみ差し交す芽落葉松

花辛夷水といふ水走り出す
三尺の藤房を掌に寝かせみる
おほつぶの泪のごとく藤こぼれ
蕗を煮て祖母のことなど萩小鉢

朱鷺草の羽根のあはれに霧を吹く
真直ぐにこよりを立てて一人静
歌舞伎座の幕間弁当紫蘇の花
木の葉木菟声を重ねてはるけしや

探鳥や谿に沿ひゆく足軽し

蝮蛇草ふた花ならびてゐてやさし

踏み出して足の沈みし蝮蛇草

あけぼのの御岳遠し桐の花

たそがれの歩をゆるめゆく花アカシア
慈悲心鳥瀬音に添へば風の出て
大瑠璃のあとに黄鶲朝の卓
山荘の三面鏡や遠郭公

水を跳び駒草群れしあたりかな

漆屋の擬宝珠の花のぬきんでて

ちかづきてかの秋草の文箱かな

漆屋のすみずみにほふ鉄線花

旧道に爪立ちてゐる竹煮草
語り出すときはるかなる朴の花
篝足す鵜をホホホとなだめては
金箔をふんだんに撒き鵜の篝

頭より鵜籠の中へ放たれし

上流の鵜の川りりと流れけり

手庇や野麦峠の花萱草

山裾の郭公と眼の合ひにけり

干し上げて梅のくれなゐ蔵ひけり

軽井沢雨黄鶲の声濡れず

落葉松の林ぬけゆく登山帽

やなぎらん何かが翔ちゆれやまず

信濃路に垂れてのうぜんかづらかな

水もらふこの女郎花挿すために

徒歩ゆくや花野の絵巻巻くごとし

鬼《おに》皺《しぼ》の黒縮緬の花野かな

紅葉を紐に練りこみ菱結び
紅葉どき一幹の耀り見せにけり
音羽屋の模様とおもふ菊花壇
けふも鵙来て落柿舎の荒まがき

縞帳の糸の縦横雁来紅
あかあかと菊を灯して文書かむ
かりがねやその日のままに袱紗置き
手提げには経木の匂ひ野紺菊

土手よりも畦に火の手の曼珠沙華

千草摘むいづれの茎のやさしさを

ものにみなひとつのいのち菊膾

北海道　四句

極北の草に紅葉の及びけり

川に沿ふ道は北へと菊日和

紅葉して地底の水のはげしかり

萩枯れて大地の果の鹿迫

久女句碑

紅葉の焰で書き流す筆畏れ

日おもての鈴抱きにける福寿草

たれかれのことば寄せあひ寒牡丹

信楽の壺に陽当り冬鶯

あした発つ水仙郷の菰包み

鳴海しぼり

はや十日余りはうちの鶯よ
花の峰けふは太閤好みかな
大いなる羽根うち返し夕桜
今昔のいろの淡墨花吹雪

真昼間の空を押し上げ花水木

ペンを置き実梅を拭けば実のまろぶ

死者生者過ぎがてに啼くほととぎす

秋燕や荒船山も濃むらさき

葉を扱けばしののめの風弟切草

みちのくの紅葉稜線幸さながら

津軽路のつまめば甘き菊膾

短きを金言といふ菊盛り

爪木崎

水仙岬きつぱりと紺ひきまはし

水仙を束にしたれば天錆びぬ

返り花その一茎へ膝まはす

水あらば紅を頒ちし夕桜

石一つあり正面に芽落葉松

花菖蒲剪り仮に置く菖蒲の上

まぬがれぬことを人の世燕子花

竹煮草どの道えらびゆくことも

底紅の花へ佳きこと膝がしら

秋草のふた花かなふ時代籠

飾り井へ銀木犀のこぼるるよ

石蕗や水の蟹江の要め石

りんだうの筆の四五本寄りしのみ
いちまいの雲のあかるさ冬すみれ
茹であがり花菜は黄を濃くしたり
蕗の薹ふちをさ走る濃むらさき

閑けさに花の掛軸しまひけり

水の翳ほそりしところ杜若

ふれ合へるしぶきむらさき杜若

杜若野や草踏めば草鳴りにけり

群落といへどもまばら杜若
ほととぎす姥子のみちの爪上り
立ち並ぶ熊谷草の母衣のいろ
蒟蒻を煮る匂ひにほぐれ花茨

揺れ交はす松虫草は山のいろ

燃え尽きし茎もたれ合ふ曼珠沙華

萩刈つて土のあらはに白毫寺

白毫寺萩のしづくの小書き筆

木曾美林狼藉のごと朴落葉

名古屋城

厚物咲き菊の百花を天守守る

菊人形小袖の裏も見せにけり

名古屋城菊のいのちを寿げる

山菊は文人作り茎あそばせ
菊を焚きをり良寛の母の墓
背すぢ伸ばして山茱萸の一枝剪る
挨拶はひとことで足るフリージヤ

才蔵の背にはあかあか日の出鶴

さまざまの花いとほしみ知命過ぐ

花の風香炉に香を足しをれば

日付変更線

浮き出でていろの定まる龍の玉

みほとけへひとづかみづつ猫柳
すみれ束森閑と置きかけいの忌
空海の文字の飛びやう雁渡る
紅志野の窯へ山越ゆ冬鶯

遅ざくら袴の縞を選みゐる
春蘭のひともと陶の埃棚
酒蔵に天窓ひとつ素心臘梅
近寄りて離れても冬桜かな

ゆふぐれの百日紅をくぐりけり
掛花の宗旦木槿蕊つつむ
門をはづせばまろぶ柿の花
眉目みなすつきりとして花野去る

横笛を袋にしまふ君子蘭

山車蔵の観音びらきさくら咲き

寒あやめかたまり咲ける当麻寺

寒牡丹見てきて使ふ竹柄杓

有馬朗人先生東京大学総長に御決定を祝す　二句

大事なす星も天為や梅薫る

東大に「ただ一つ旗かげ高し」の歌ありて

旗かげの高きはよろし梅盛り

花ミモザ束ね齢に富む思ひ

海棠や唐のくにより便りあり

嘴上げて唄ふ瑠璃鳥軽井沢

釣竿の先舐め細め浦島草

育雛のはかどりてゐる戸箱中

桶匠の桶つくる音花南瓜

躾糸きらりと抜きて花木槿

地謡の十人あまり夏蓬

あやとりの川のながれて吾亦紅

悼　石田愛子様

幾曲りせし今生の野菊みち

夜鴨ゆく末広がりに声落し

三四郎池にまどろむ浮寝鴨

法学部より講堂の銀杏の葉

雁渡し霞が関の灯り点く

紅梅の下枝をくぐる尾長鶏

寒牡丹桐の柾目の柩着く

リラの冷え墨の乾かぬ芳名簿

はこべらや宇陀の郡へ道つづく

土濡れて大和青垣燕来る

有松も鳴海も額の花ざかり

濃龍胆ゆふべはるけき山の音

おもむろに丈を揃ふる彼岸花

八千草の彩をちりばめかな女の忌

伊吹嶺の虎尾草を手折りけり

稲雀黄金の風に乗りゆけり

近江

盆梅の一木ことに雲のごとし

山椿土佐の地酒の辛口に
濁河の水をちからに樺の花
さざなみの風を受け止む鯛釣草
足早に杣の坂みち花榲

もう一度高みより見て菖蒲園
水跳んで胡桃の花の森を出づ
飛騨の土もてしつかりと燕の巣
合歓咲くや薪の上に薪積む

紅型を飛び立ちゆきし夏燕
瑠璃鳥に山荘の森貸してをり
生ひ立ちの底紅木槿婚近し
かりがねの列ととのふる海の上

柊の花咲く頃か母の忌日

氷河の貌見ゆ北アメリカの紅葉

米国スタンフォード大学に留学の長男を訪ねて

チャイム鳴る学都いづくも紅葉濃し

栗鼠と懸巣が棲む大学の胡桃の木

カーメルの雉翅ひろぐ菊の頃

地を打つて覚めしことあり冬たんぽぽ

春の雁庭石の上竹履置き

安曇野に雨の重みの遠郭公

それぞれに手塩を貰ふ菊の鉢

梟のまどろむ貌を昼見たり

鳥獣の脚の赤さに蕎麦畑

いまが真盛り分校のコスモス垣

秋薔薇ことば珠なすヨハネ伝

中国

紫禁城の土塀はみ出す柿一枝

雁渡るたび雁塔の古るびけり

向日葵の蕊をひらたく了りけり

枝折戸をしづかに押せばえびね蘭
まなざしのとどくところに俵茱萸
蒲生野の道ゆきどまり花石楠
樹下に咲くもののふごころ熊谷草

黒百合の一茎へ石かつかつ踏む

憂曇華や昨日のことは今日忘れ

若松の大束が着く銀座花圃

素龍筆枡形本やげんげん田

花了りたり攻め焚きの窯の火

地を打つて覚めしことあり冬たんぽぽ　存問

浜沈丁花南へなだれ潮に触れ

水浸きたる石を踏み替ふ鳰のこゑ

祝婚の什器をはこぶ花の昼

目の前を茫と花過ぐ一日かな

末広を終始手にして花の昼

秋水に連れられ咲きにわすれなぐさ

つま先に水這ひ上る梅鉢草

石蕗咲くや幻住庵のささながれ

ねむごろに侘助椿咲きすすむ

東塔の礎石の丸や春の雁

瑠璃鳥のいちにち唄ふ誕生日
石楠花の黄の咲く秋山郷を去ぬ
おもひおもひ散りたる沙羅のはなへ雨
小鬼百合剪らるることもなかりけり

高野みち胸の高さに秋明菊

石楠花は夕べのいろに咲きたりし

子燕の口みな閉ぢてゐて岬

能面をはづして声や花柘榴

営巣や首よりしまふ小鳥ごゑ

鯨骨のごとき月出づ山茶花垣

野に帰りつく秋蝶は金の粒

色鳥は葉の染まる幹なつかしみ

炉椽掃く縞ふくろふの羽根帚
淡墨桜に光陰の軽からず
一草に一花の手はず春の雨
巣立ちたるあとの巣箱の濡れをりし

山大きくて牡丹の蕾かな

花の夜やひらきて見する嬰の爪

花の茎箸置きとして明石鯛

花樗法然院へ坂がかり

うしろ手に紫水晶菖蒲咲く

黒百合はしづかなる花金の蕊

胸の奥たしかめにくる木犀花

昵懇の文字のひらめく石蕗の花

括るには丈の足らざる葉鶏頭

りんだうの点在したる火山帯

いますこし懈怠をみせし女郎花

流速の日々なり椿咲きにけり

百景

国栖人の笑みを絶やさず猫柳

追ひつくや西行庵の遅桜

人縛るものに歳月冬の雁

寒牡丹胸に痛みの走りけり

木曾古道傾けてゆく夏燕
稿を継ぐ間にぞ大山蓮華咲く
楤芽摘む過不足のなき二人分
阿蘇山に弥陀の寝姿ほととぎす

木曾川犬山

水つねに久遠へ流れ夏の菊

色糸の赤をまつすぐ鵜船来る

有楽苑しもつけ草へ膝折りて

秋草の一茎に足る耳順かな

小鳥来る日と思ひつつ針つかふ

白梅の鎧がさねに城を見て

富山村よりNHKラジオ放送

まんさくやふところ深き奥三河

囀りの山中に顔洗ひけり

経巻は紺紙金泥桐咲けり

流離めく園児やさつき咲きにけり

月見草額美しき少女かな

夕菅や叱られし日のなつかしく

上高地

明神の池塘の鏡鴨を待つ

初の鴨まつすぐに水尾曳きにけり

伊豆梅林

今昔の風細うして梅の渓

梅林をななめにくだり赤土のみち

梅が香や鹿苑寺ぶり繻子の闇
夕映えの木曾駒ヶ岳春の雁
冷泉家うつしの花の貝合せ
羽二重の重みさながら白牡丹

花万朶しづかに埋め名古屋城
青銅の五層は重し遅桜
鮫小紋すこしゆるびし花筏
濡れ土におろす花種ひとつまみ

今生の一会に参ず花は葉に

絹扇ひらくかたちに富士花野

鶏頭に血脈のいろ門跡寺

桔梗や青蓮院の午前五時

日の沈む山の幾重に大花野
釈迦牟尼のえにしいただき萩の花
天覧の鵜舟の篝下り来る
山茶花のべにのうすさのあふみかな

余呉人に畝の短き貝割菜

秋海棠名残りの香の一包み

慈照寺の点鐘ひびく白椿

小鳥来る古歌に苅安茜の根

善光寺

お朝事の上人さまへ冬の菊

宿坊に菊戴のきそめけり

位置かへてみ仏拝す冬の菊

松過ぎを活け替へしたり黄なる薔薇

叡山に方丈の数糸ざくら

比良山系真澄の雁の別れかな

うぐひすや絹よりうすき雨降れり

桜もて城壁をなす名古屋城

花ふぶく真只中に城の聳つ
いますこし花の日数を惜しむかな
鯱二つならびて風の夕桜
梓川流れて小梨咲きにけり

吹く風に波の穂の見え延齢草
椿東風こころの篤き人ばかり
仙翁の花ゆるやかに時流れ
うぐひすのひところゑかぎり壇の浦

安徳の帝のことを春の雁
山椿山を守りていのちなが
木犀の金を小出しに法然院
日本の屋根と呼ぶ嶽濃龍胆

源流のきれぎれ光り雁渡し

恵那峡に琅玕の水小鳥来る

ふさはしく粒を並べて紫式部

日本の空を狭しと鳥渡る

みあかしを継ぐ叡山の紅葉寒

水仙の花のむかうはいつも海

梅凜々相撲甚句に花づくし

龍泉の石の配りに冬ざくら

白泥

紅梅の蕾一粒置ける枝

名古屋城に御深井のあれば

白梅にならぶ紅梅御深井丸《おふけまる》

梅凛々つながるものに血すぢかな

就学の子等を見守る桜かな

須賀川の牡丹の丈高かりし

をりからに木曾路の桜吹雪かな

白牡丹ひらきて昼の闌くるかな

ゆくりなくこゑを揃へし春の雁

花茨紺青展べし日本海

白萩に風の生まるる千代尼塚

桃は実に忍野は水の郷なりし

山頂に伊吹秋草風湧けり

鵜篝やけふまつすぐに水流れ

いにしへを知る石ひとつ実千両

山車蔵の閉ざしてありぬ花の雨

たたみたる袱紗の折目花菖蒲

アカシヤの花かげに声女学園
海峡の風に咲きをり月見草
朝顔の二葉を雨の打つてをり
稲は穂を孕むころなり木曽信濃

幔幕を張れる尾張の菊まつり

菊活けて織豊二氏の合戦図

半衿をとりかへたりし萩夕べ

竹籠に秋の七草挿しにけり

みちのくの鶏頭の槍かぞへけり
太刀佩ける左右の大臣菊人形
かなかなや文知摺石のうすれ文知
左大臣融《とほる》のむかし萩の花

弁慶の負ひし笈なり花紫苑

牡丹の供養のすべてをはりたる

琅玕の水に乗りたる残り鴛鴦

尉と化す牡丹榾へ手をかざす

磯畑の水仙を見て海へ出づ

白泥の壺にさしたる冬すみれ

椅子向けてれんげつつじや高嶺晴

落葉松の枝より枝へ三光鳥

午後からのモネの藍いろ睡蓮に
訪ねきし西湖に見たる合歓の花
合歓の花ますほの小貝拾ひゐる
古九谷の皿の花鳥に鮎づくし

りんだうの活けられてゐし生家訪ふ
紅葉にあたらしき紺空にあり
菊をもて衣の厚みやもののふに
くれなゐの小菊多めの姫の衣

つはぶきの蕾ありたる千代尼塚
松任にむかし千代尼の菊香る
菊の香を供へて加賀の観世音
大寺に菊のあまたを浸しをり

白根葵

初鴨の翅を休めて手取川

金の鯱花に暮れゆく名古屋城

径すこしけはしく花の如意輪寺

長良川胸擦りて飛ぶ夏燕

郡上

みちみちの家にありたり梅鉢草

硯彫る友の家あり秋海棠

ロープウエイ

紅葉せる裾の池塘の八甲田

十和田湖の水脈の平らに夕紅葉

従兄入谷敏男（心理学者）七〇歳にて急逝の報　旅先へ届く

西方へ従兄逝く報紅葉山

玫瑰の実を手すさびに外ヶ浜

山梨

信玄の棒道に入り紅葉寒

長良川

篝火をけふの名残りの果鵜飼

はやる鵜の細首掴むあはれさよ

花更けて吉野に買ひし陀羅尼助

淡海また余呉に鳴きゐる雪笹子

吉野

金屛と花とありたる吉野建

薪水に花をあるじの吉野人

流水のほとりにありし花小梨

花小梨見て口ずさむ蛇笏の句

山梨熟れ穂高雪渓眉の上＝飯田蛇笏

吉野

行成の仮名の軸あり飛ぶ落花

大峰の修験問答朴の花

ねもころに花につかへて吉野人

大屋根の蔵王堂あり花の山

みよしのの灯を細めたる花の暮

冬の菊たれかれ恙のなくあれよ
法隆寺金堂裏に冬櫻
わが植ゑし椿にことし花のかず
齢一つ加へて賜ふ薔薇の束

山荘の夏炉ひらきて遅櫻

火の国にみつけしすみれ返り花

四間道

白壁の蔵の上ゆく初の雁

船津屋に網代天井鴨のこゑ

徳川美術館

臘梅や眼伏せたる女面

一芸に一代遊ぶよ花樗

夏萩や雲平の筆貫ひたる

信濃路

白根葵咲きて村々はるかにす

象牙の花

紫雲英田に坐してむかしの空見たり

「笹」創刊二十六周年記念会　五月二十一日　於暮雨巷（加藤暁台ゆかりの荘庵）

五月よし小鳥のころゝの笹生かな

春の雁夜ははかどれる羽根使ひ

比叡山にて

一机一硯比叡止観の濃紫陽花

草活けて飲食の秋たのしまむ

第一回芭蕉顕彰名古屋俳句祭

雁や墨美しき筆のあと

湖に鳰の片寄る初比叡

糸菊の糸を重ぬる菅の浦

木内彰志氏急逝

人の世の終るはかなさ花柊

橋本多佳子に「猟銃音殺生界に雪ふれり」の句ありて

古江ここ鴨撃ちを見し多佳子の句

浮御堂

み仏の膝寄せ合はせ鳰へ向く

雁や古人にならひ月仰ぐ

さつぱりとひらきてゐたる藪椿

水系を同じくしたる遅桜

生涯の恩や椿の山廬集

『高悟の俳人飯田蛇笏』の一書今も好評なれば

かたかごは土の焰の化身なる

木曾路

うす紅の木曾駒岳遅桜

繭倉に夜のゆさゆさと桐の花

湖底より光陰の湧きつばくらめ

北沢峠

霧深き崖あれば咲く高嶺薔薇

あとがき

　第一句集『光の束』を出版したのは昭和四十一年の秋のことでした。第三句集を出版したのはそれから二十年程経過してからのことでした。それ以後は五、六年の間隔で句集を編んで来た、または編むことができたということは俳人として比較的幸せであった、と今思い返しております。

　この度、東京四季出版の松尾社長より過去の句集への御高配のおことばを頂きましたので、これまでの句集から〃花と鳥〃を詠んだ句を取りあげ精選して『花鳥逍遙』の一本としてまとめていただきました。月刊誌「俳句四季」が刊行されて以来の長い間、いろいろとお世話になってきましたし、文学史観に共鳴しあうところもあっていろいろ選をしたり書かせていただいたりしてきました。

主宰誌「笹」も創刊三十周年を迎えましたので、過去の作品について振り返ってみると、多くの皆様と共有した時間もなつかしく思い出されて、宝箱を開いたような思いが湧き上ってきます。

これからも俳句の十七音という表現空間の日本の宝物を大切にして、美しい自然を美しい日本語で詠んでいきたいと思っています。

本書の出版に当ってお世話様になりました松尾社長はじめ東京四季出版の皆様に、心より厚く御礼を申しあげます。

平成二十二年　雨水のころ

伊藤敬子

略年譜

一九三五年　愛知県生まれ
愛知淑徳大学大学院文学部博士課程卒業
一九八〇年　月刊「笹」創刊主宰
師　系＝山口誓子・加藤かけい
受賞歴＝新美南吉文学賞・愛知県芸術文化選奨文化賞・第一回
　山本健吉文学賞ほか
句集は『光の束』（昭41）から『象牙の花』（平20）まで一三冊

俳句四季文庫

花鳥逍遙

2010年 4 月22日発行
著　者　伊 藤 敬 子
発行人　松 尾 正 光
発行所　株式会社東京四季出版
〒160-0001 東京都新宿区片町 1-1-402
TEL 03-3358-5860
FAX 03-3358-5862
印刷所　あおい工房
定　価　1000円（本体952円＋税）

ISBN978−4−8129−0629−3